克己丛书

胡不归诗选

胡不归 著

宁波出版社
NINGBO PUBLISHING HOUSE

图书在版编目（CIP）数据

克己丛书：胡不归诗选 / 胡不归著 .-- 宁波：宁波出版社，2019.8
ISBN 978-7-5526-3613-0

Ⅰ.①克… Ⅱ.①胡… Ⅲ.①诗集—中国—当代 Ⅳ.① I227

中国版本图书馆 CIP 数据核字（2019）第 160018 号

克己丛书：胡不归诗选
KEJI CONGSHU HUBUGUI SHIXUAN

胡不归　著

出版发行	宁波出版社
	（宁波市甬江大道 1 号宁波书城 8 号楼 6 楼　315040）
责任编辑	罗樱波　苗梁婕
责任校对	张利萍
封面设计	金字斋
印　　刷	宁波白云印刷有限公司
印　　张	5
开　　本	880 毫米 ×1230 毫米　1/32
字　　数	80 千
版　　次	2019 年 8 月第 1 版
印　　次	2019 年 8 月第 1 次印刷
标准书号	ISBN 978-7-5526-3613-0
定　　价	35.00 元

如发现缺页或倒装，影响阅读，请与出版社联系调换
电话：0574—87248279

献给克己

在海上　无舟无岸

自 序

辛波斯卡说：" 我偏爱写诗的荒谬，胜过不写诗的荒谬。"

在巨大的荒谬面前，这本诗集是我写给克己的情诗总和——克己是我内心崇高的道德律，是荡漾在我心头盛开如云的樱花。

我始终认为，一个诗人写完最终的句子，他的使命就已经结束，他没有义务向任何一名读者进行语言的二次传达，就像许多自戕诗人在完结生命语言后，便与世界告别。但在这本诗选即将出版的时候，我还是选择写几句话，就像一朵花盛开，告诉世界季节的变化。

有一个朋友告诉我："一个写作的人，如果能让别人记住他所写的一句话，就是非常了不起的了。"事实上，每一个作者都有自己深藏于心不可告人的渴求：在浩渺宇宙中，以文字实现精神的共情。"但愿我是黑暗，我就可扑在光的怀里"，作家木心有大见地，"天地君亲师，缺了一个作者和读者的关系。自古以来，人际最神圣美妙的伦理，其实正是我作你读、你作我读的精神交往。"

肉身让位，精神粒子穿梭世间，或有碰擦出些许火花，已经是极美妙的人间遭遇。是的，精神的共情——超越伦理、超越性别、超越时间、超越空间——精神的维度不断被拉长，交往体验溢出世俗规则，灵魂也就更加丰盈而具有质量。

共情神秘且稀有，在精神的层面，你是我，我是你。我的每一个词语、每一个句子都被你所感知，被你所触摸，就像一道闪电不需要任何介质直接灌进身体。我认为，共情很可能越过爱情和亲情，在最高处合流形成精神粒子的汪洋大海。

共情的可贵正在此处。倘若我的这本诗选能实现某种共情的功能，它的存在就有了一张美丽的面纱，覆盖精神海洋中的喃喃细语。我想，这样的语言是温柔、浪漫而博学的。

或许我还要为自己的诗说几句。这本诗选是我对自己的一次审视，是从情感到肉身的一次全方位扫描，也是我情绪火山的一次集中喷发。

我要记录一些名字：博尔赫斯、聂鲁达、辛波斯卡、奥登、策兰、斯奈德、沃伦、张枣……在一个个巨大的名字面前，我努力以共情走进他们的情感维度。现在，我可以毫不避讳地宣告：我所有的文字来源于他们，是这些诗歌巨匠以宏大的精神炸弹燃烧出我的诗句。

源头之外，是创伤和疼痛染色了我的诗句。在敏锐的时间触觉中，我的指纹、目力和听力都是开刃的刀，一次次割开我的血管，呼吸的气体和带有热气的血液成为我诗句背后的语气。

如果我的写作能使你记住些什么，所有的创伤和疼痛都是值得的。

诗是我生命的简历，这本诗选收录的诗是我过去的曲折迷途，是我关于美丽的概括。我表达我，把我献给你。

春天动荡，江南雨季肥沃。在今天，我依旧不安，一个个湿润的词语在我体内挣扎……

胡不归
2019年春于宁波

目 录

克己丛书

第一辑

红色大衣 / 003

身　体 / 005

假设的右手 / 007

眼　睛 / 008

呼吸如磁铁 / 010

肌肤的春雪 / 012

歌 / 013

头绳和发丝 / 014

香水如同深夜动物 / 016

作　者 / 018

花和各种花 / 019

是锁骨的迷雾 / 021

计划外的饥饿 / 022

图　纸 / 023

刀 / 025

面塑的鸟 / 027

杯子在过去 / 028

蝴　蝶 / 030

琴　声 / 031

摇晃着走到没有终点的路 / 032

虹 / 033

石沉海洋 / 036

老　房 / 037

神　殿 / 039

剧院里的一场音乐会 / 041

夜深在江边及其一些事情的回忆 / 043

飞行之后 / 046

在未名湖畔遇到弹琴的姑娘 / 047

从鲁迅博物馆出来

　　—— 致 H / 049

从华北平原到江南丘陵 / 051

药　物 / 053

一场春天的雪 / 055

木心美术馆 / 057

望着圣·索菲亚大教堂 / 060

谈月亮 / 062

夜　路 / 064

第二辑

前奏

雨做的云 / 069

情　歌 / 071

除夕夜 / 073

一个梦 / 075

礼　物 / 077

今夜你会在哪里 / 079

深红色浪漫
　　——献给齐泽克 / 081

下雨的午后 / 083

过春天 / 085

隐　约 / 086

克　己 / 088

夜歌二记 / 090

在雨停的夜里读懂魔术 / 092

一个场景在梦中 / 094

雨　中 / 096

不再有题目之诗 / 098

从你口中吐出的都是魔术 / 100

是美丽的历史让我沦陷于你 / 102

夜宿青山 / 104

下　午
——H小姐，见字如晤 / 105

春天碰撞 / 108

天晴之后 / 110

接近傍晚的时候下雨速记 / 111

比　喻 / 113

情人节 / 114

可是，我的伤口呢 / 115

哈尔滨 / 116

旧物展与少年说话 / 118

在屋顶
——并致斯奈德 / 120

在湖北博物馆观青铜器 / 122

阿尔善没有秘密
——在中国美术馆观阿尔善岩画展 / 123

牙疼日记 / 125

初冬日北山游步道攀登记 / 126

天宁寺 / 128

一种凉 / 130

在镇江世业岛迷笛音乐节 / 132

只有虚假中才能感到美 / 133

瓷片上的蝴蝶 / 134

小　河 / 136

是你的无知性感着我的手指 / 138

暴雨来临 / 139

在八大山人面前 / 141

红尘烂事 / 142

清晨矮树丛里 / 144

第一辑

克己丛书

这是一部丛书,在雨中阅读你。

——题记

红色大衣

首先是美丽的
其次是坚硬割进了我的眼珠
在夜色中,红色蠕动出一种光芒
搭扣住晚明的脉搏
我一次冲动
是一次蓄谋朝圣野生蔷薇的造访

红色,是红色的手术刀
惩罚自己的左侧肋骨
梦幻泡影丢下一颗滚烫的鹅卵石
"谁的情人是坏人?"
嘴角毕竟有欢喜属于春天开始

闪电从地底钻出
我从一场露水中醒来

在你的红色大衣空降之前

上万次梦见一个火山群

喷发着阴影背后荒芜山丘的影子

身　体

"冷啊,真是很冷的一天"
先生取暖,手杖插入时间
下起了雪,北方的寒冷有身体抵御
日本式谜语像先生围巾上的雪片
融化时的面孔因伪善而美丽
(他不是先生,他是天上星一颗)

诱惑我的白,诱惑我的词语
是须根茂密铺陈
在雪地之下和身体每一个毛孔
从一个否定先生,我成为味道的叛徒

雪天可真冷
奔跑而去我踩不到臃肿的影子
身体的一个个谎言
让我对你的期待成为久泡的茶

三月跨过松花江
你告诉我一个地名仿佛死生挤进身体

假设的右手

关于未来的营造
未来海棠花明亮的歌喉
都在成为预设的马路
知道的一切被你的不可知覆盖
何以共情呢？白色美丽的姑娘
但愿我是一场豪迈的雨
在假设中湿透烤干的私语

夜间出来寻梅
喝过一杯伏特加的右手仿佛假设
我足够恭敬向美丽和香味下跪
燃烧起提前的呼吸

应验，读一句诗都让我表达你
极简之处你歌喉开花，虚晃一枪

眼　睛

飞机下，大海正在微笑
扭曲的海岸线画出心脏的样子
悬停时，窗外悠悠白云

我从你的眼睛里偷来一个容器
再深入走几步
一个和我有关的欢喜空空如也

"你的眼睛真是好看，像一条无底的隧道"

你的眼睛是秘密花园
打捞一切往事都是徒劳，唯有
下午三点太阳忧伤像个没有胡须的男人
卸下时间的两条根须
在你的眼睛里裸泳
从一个傻瓜变成另外一个傻瓜

一万米以上,飞机撞进一朵云
仿佛湖面覆盖你的白色纱裙
我闪闪发光,加上以前的事情
和窗外的星星一样安静而显得羞耻

呼吸如磁铁

奔赴于你的一切,星夜坠海
按照辛波斯卡的低语——
万物静默如谜

你的歌声注入水银不断响起
每一个夜晚都美丽
我失明在即将抵达月色的时候
骨头分崩离析在你呼吸的磁铁里
我毁坏自己仿佛撕碎一本词典

在手臂记录你的呼吸
像写下动物生殖一般留住生命勃动
夜晚漂浮在海面,蝴蝶三种隐喻
淡泊于指间,出土一件身体的青铜
我的光明依然羞赧,幸福馈赠清晨菜场

是呼吸施以雾的幔帐

你用多种面孔迎接一个巨大神秘

我紧盯你的时候吃掉白云

在吉他趋向于死亡时拨动绝望的身体

肌肤的春雪

容易被帕斯捷尔纳克的二月吟唱

歌喉如铁

紫色瀑布挡住轰炸的目光

在春天的雪中获得异国护照

山河壮阔,蝴蝶舞动在后半程发力的肌肤

揣摩一个小时的温热

在林间,在春天的反动里

你的身体是生铁融化

在获得结果前遭遇眼睛的地震

你的舞蹈是水面的巨大谜语

在渡口遇到灯火

食用一块巧克力蛋糕吧

用蓄满死亡的动力启动一艘轮船的慈航

歌

那是一个粉红色的下午
在桥面上过江的我有了你的侵略
又投放定时炸弹在我胸膛

为何你说谎
谎言是一首月亮的歌
一次唱响,就是一次山体滑坡

你的歌声随着流水而过发生
后来,你撤军
一切侥幸逃脱,无迹可寻
这来自温柔的疯狂引爆炸弹
我临摹死亡时的安静犹如瀑布

在草原,鹰隼啄食你的歌声
我是落单的斑马等待屠戮

头绳和发丝

（天亮能来得晚一些吗？
让我在拥抱中继续珍藏一些时间吧）

铜质的气味是我的宝藏
隐约在你的头绳和发丝
我就像一个小偷在偷窃中涨潮

在承受起巨大孤独中产卵
当我发现袭击提早到来的时候
一切的疼痛就好像无法加速的马匹
无法散去，绵软着卓别林的沉默
天空撒满碎玻璃，割开关于我的呼吸

口袋里，偷来的你的味道
如同一只小小的刺猬奔腾在我胸口
剧透的启明星轨迹放大梦的符号

头绳和发丝,是你派出的云雾
我参与一场明知败北的运动
每一种滋味的往事都刺出鲜血

月亮在指缝间作出味道的承诺
我无法宽恕自己
就好像一个比喻在接近本质时毁灭

香水如同深夜动物

狂风后的夜晚开启了一场雨
在每一个雨季,<u>丛林里开花是冒险</u>
而我从一个你的节奏里开花

(香味是一只庞大的八爪鱼,
吸附可以吸附的一切)

在你的香水中,夜里的动物出没
我获得了所有期盼着的一切

如血的真爱就是我羞涩的宇航员啊
天空中无法寻找的一点
没错,是大雁衔来的诚实
把深夜的雷声原谅成为暧昧的问候

一个花蕊醒来,你眼睛的湖深不可测

一粒粒香流泻像在我头顶施下化肥
就这样,雨季我是一只深夜动物
在跳舞中唱一支通向别处的歌

作 者

你,写作的人
我记住你亲吻森林后的词语
(渡海前往我的国度
从今以后便是归途)

雨中的高速公路在通向身体的时候喑哑
用沉默写下词语,写下句子——
谁愧然于潮水起伏,谁就迈入乌云

在历史桃花盛开的画面里
你告诉我黑暗,我便扑向光的怀里
老木心点燃一把敏感的火焰
我是灰烬在你写作的河流里沉没

万物蓬勃在春天,一个个希望如野花
是我年轻的情人描述脱轨的季节

花和各种花

在春天,我苦读所有花的色彩
只为在一个错误的规划中读懂你
你说,春天的花是冬天的梦

一次视觉的预警在下午三点响起
不得不从一个河堤走到另一个河堤
遇见一种花和各种花
在花瓣的巨大神秘之中
投入来自你的甜味礼赞

摸到你的花好像靠近一粒火
在南方的课程里讲述雪中开花的你:
意味着什么?记住喉结急促的任性
在令我失控的告别里记住鲜艳

可是,孤悬在你身体内部的孤独

像无鳞之鱼游动,而我的游击战终于失败

花开的晚上,星星投下冰霜
你闻起来像光,我猜你是月亮
我像一只野猫寻觅腥味一般守护光源

是锁骨的迷雾

计划中,用领带实现暴力的成就
事实上我妥协于不存在的优雅

在锁骨的迷雾里
我像一只蜜蜂悲哀着误读的香甜
三寸以下在假装阴沉的湿度
爱在泥土,在木琴的节奏里成为你的影子

我在迷雾中遭遇小小的伏击
主动缴械,失守在被海风吹散情节的黄昏
让我们重新走向一个春天的凉爽
然而,不是所有春天都能叫作春天
只有你呼喊过的才是春天

一个世界级的事故在耳朵响起
我写诗,每一首诗都是对你的一次侵犯

计划外的饥饿

在微博刷到一个桃色新闻的片段
后半夜的迷失如饥饿中的你我
不得不把昨日的爱情加工成主粮
你撒开腿,撞进海棠花蕊
于是时间灼热,像一匹失忆的野马
我们似乎脱轨,在末班火车来临之前
给我一条你的河流吧,让我的渴
成为黄金,在身体的一处承受太阳
而你,深夜饥饿的美人儿
使用一个冷冻在电视剧里的告别情节
一支南京牌香烟点燃,饥饿的翅膀打开
男人和女人,光源在呼吸与呼吸间的缝隙里
此后,我一步迈向苍老把忧伤当作河流
心跳的落叶森林点燃一堆虚弱的灰烬
我是丧家犬,从你的洞子里钻出以后
依然在夜晚饥饿。夜越深,风越壮

图　纸

想象另外一种可能
在一张图纸发生情绪的指南
被鹈鸟以弧线穿越心脏
你的笔画着线条营造国度

（妻子不必哭泣，
妻子终于在书架点燃一朵花的光）

你的屋子，一种震动是长驱直入的马蹄
桃花流水有情的呼吸翻云覆雨
屋子里一点凉
魔术大师说一个古董的玩笑
你留下营造的机关在接近阴雨的这天做爱
即将抵达终点的时候遭遇台风
高潮像一只缺乏修饰的波斯猫
以眼睛直接的光火模仿星星

振动而颓靡,域外的极简如披风覆盖
我们在设计的图纸里看见消灭的爱

一个精确到骨髓的凌晨
我看到你走进图纸,游泳在历史的花丛
于是你的图纸终于提前死亡
我成为孤儿被遗弃在词汇的荒野里

刀

这本属于我的伤疤
像一条饥馑的蛇缠绕在我的视线中
我以触电的方式降落
它游走,我失去刀

来自冬天的刀啊
把我杀死又给我一朵罂粟花
我观察刀,纹理苦涩
如同折磨了头发微曲的孤独
锋利的刀薄薄一片
却在血液里发光,盖过雪的冷
事实上此前的刀热烈
在属于我的时候像一只林间的松鼠

到了春季,刀又在渴望什么呢?
收割鲜艳,收割饱满汁液的绿

我爱这把刀,在刀的射线里失去感觉

小小的一把刀藏在身体的湿润里

属于我,属于过去一个隐瞒的我

下雪的日子,疤痕消失的手臂依然疼痛

下雪又覆盖大地的一切

你在雪地画下无意义的光束

面塑的鸟

是以斑斓捏造春天的损坏
在一条古街虚假的鸟飞向你我
目光在北风中成为一根钉子插入我的手臂
不插电的飞行投下沉默的炸弹
是一个答案以鸟的面孔出现

你的声音闪亮如灯火
燃烧我爆炸我,在五色的呼吸中毁坏我

此后,我是一摊烂泥弄脏美丽的连衣裙
你又牵手走进我的梦
我需要你的唇齿
赐予我一个春天身体的王位
在一个生锈的哭泣里
我将在鸟类无辜的眼神里获救

杯子在过去

忽然跌入太阳的深谷

忽然一无所有仿佛裸体的婴童

忽然樱桃的情人成为苦涩

忽然杯子里的水看不到眼睛

时间过去,一条裂纹在眼镜中间

流感的春天让我发热

试图不记住的手指

必然戳进我的心脏,你

时间的坏人在桃花的马拉松里多情

这是一个圈套

天青色杯子是诱饵和你的眼睛一起闪烁

开闭开,水的谎言

一个男人冰冷的寂寞像城门失守

一杯小小的水笑意盈盈

我冲撞徒然

你是坏人撒下一粒无法膨胀的爱

我的眼睛只是你的光

我看着你，你是蓝色的

我明白，我的活投奔于你对死的爱

蝴 蝶

直到舔交换成被舔,我宁愿终身被舔而不愿去生活。
——张枣《祖国丛书》

何须以湿润招引一只翩跹的蝴蝶
是深渊,是青铜果断熔化一般的失身

我爱蝴蝶,在翅膀一个细微颤抖中丧失语言
就好像月亮被擦拭
清冷的光由太多热泪组成

在每一个夜里想起蝴蝶的摇滚
飞进花丛,认真勾引花的泪
我看见你的紫色
在即将下雨的湿润午后高唱

亲爱的蝴蝶,能为我唱一首歌吗?
哪怕只有科学美丽的一个句子

琴 声

因何而生
一切因何而生

公园里春天的生命招摇
听到琴声仿佛掉落一个巨大的阴影
一个陷阱是我钟爱的你的名字
我把手伸起,琴声如斧头
在这个音符阵仗里我唯有哭泣
哭泣意味着什么?
这个春天,我为雨水哭泣
为野猫的叫唤哭泣,为玉兰花开哭泣
在尤克里里的琴声里恸哭
哭泣,只是为了哭泣

摇晃着走到没有终点的路

梦见草原里你正在结婚
羚羊和斑马是你王位下跪拜的盟军

我摇晃着,睡了一个失眠的国度
我曾经把它当作归途
朝拜一个终点是你身体的美丽符号

又一个梦,你穿着紫色连衣裙
我驾驶的汽车倾覆
我的终点因为你的美丽提前到达

你给我一个特别的终点
我在抵达之前把自己献祭给你的王位
终点是一粒治疗失眠的药丸

虹

二十四点以后,语言肥沃

夜猫收割上个月落下的雪的后悔

我回唱一首你的歌曲

像暴雨打落许多花瓣

夜草中怀孕的长星谈起火的事情

你发热的嘴唇

断断续续仿佛春天的阴影

为何要用一粒想象的冰雹破坏湖面

高水之下,你的媚眼淹没

我翻阅一纸汉碑的拓印

没有情节的文字,如同冰面的裂痕

传统的语无伦次

火球翻滚在我的耳垂

为何我依然听到你远方的呼吸

在春雪毁坏之前

一桩迷案属于你滚动后的痕迹

你拒绝安全

在谜语的性感中褪尽衣衫

为某个朝代的一个句子哭泣

二十四点以后,我看到你

刮起了风

月亮冷漠好像一张人类的脸

想起往事,惨剧以喜剧的面孔出现

同样精确到昙花的一现

什么样的尾声将会是你的终点

下了雨,你沉默如青山

博尔赫斯给儿子一把短刀

黄色灯光下我阅读你风中的诗

你属于疤痕

在无法抵达自画像时折叠画布

可是,你的刀呢?

是一只悲哀的大雁飞过星空

二十四点以后,我牵过你的手

如同刀经历锻造的一次热血

因何后悔？一只蝴蝶回头是前行
凝视，你的雨天如波是一道我的虹

石沉海洋

我沉默着你的沉默
我孤独着你的孤独
仿佛斑马撞向列车
死无对证

在四月,我们选择关于火把的结局
灰烬飞过你每一颗星星
直至抚摸的手冰冻
夜色舞蹈,我急于下坠
你说海洋是你
我必将投身于你,无舟无岸
起伏在你眼睛的水面

一道闪电构成你的乳房
挤碎时间
阿司匹林与疼痛为战
深海中的我,信号全无

老　房

我只是你生命里的一瞬间，而你却是我的永恒。

——《库尔斯克》

一整个夜晚都在晃，我逃离一个梦
在我的梦里看到你的梦
新的海洋淹没过去的老房的温度

在一个下午，你给我老房的照片
红砖是太阳的热
树老成了温柔的样子
你穿裙子，爬上一棵树
像炽热着的手臂拥抱一个男性

下雨天你在哭一只松鼠的不辞而别
我终于知道少女裙子里的秘密
有温度，还有一条鲨鱼暴露牙齿

在老房楼下，你游戏童年
玩过宇宙里一颗星星灿烂的毁灭

祖父阅读你的来信
通向秘密花园去的小径数着花瓣
我爬行在一通电话的波浪里
试图通向老屋
在登上楼梯的一刻失足跌落

神　殿

天鹅绒般的黄昏中
女人喝酒,集成春天花的颜色
渴望成为一页纸中的文字
像羞赧的脸上毛茸茸的故事
酒杯里,充盈着剧本里遗漏的巨大秘密
人类发情,幸福天空黄金的云
把一只手给我,握住建筑
你就是神殿的梁柱属于我的胸口
把一种注目叫作焚烧
那么我是灰烬飞过,肮脏你所有的语言
是一座城邦灭亡,毁灭一切
照耀过的火失控像拥抱后的革命
我从绝望开始否认忧伤的存在
直至蚂蚁爬上我胸口的海
点燃的引线,向一种疼痛致以死亡的敬意
提前到来的结局在一个剧本里被遗漏

设计告别像抽出一把火的匕首

既热且痛,伤疤是飞来的那一只蝴蝶

剧院里的一场音乐会

从海边离开,夕阳在你眼睛里着火
一个知名开发区的道路钻进我的喉咙
方向沉没在深海
在迷路中听到森林里的猛禽啄食你的声音
像被流星划破的孤独在疼痛着春天

我试图离开属于雪崩发生后的事情
和谁都无关
一只麻雀停在车头
等待什么呢?
结果在荒山,高岭上一片映山红

在火红的爱情中变道
当高速奔腾让位于匍匐地面
我选择把每一天称作早春的发生
并且,一寸寸切开我凝视你的目光

把所有的语言收藏为月亮

储存在星火燎原过的牙齿和舌尖

是的,在确切的星空里我失去你

白浪像一声哭泣一般覆盖我

在失去你的歌喉中找到我

就像原始森林里动物的一次死亡决斗

从海边回到城市,夜空就是昨天的这个

我走进一个剧院

听见蝴蝶饥饿,小泽征尔打靶归来

夜深在江边及其一些事情的回忆

这一年的开头我爱上你

毫无防备地遗失了一汪水

不用浇灌的生长像失重的肉身

在驱逐或者跌落中合成你二十岁的样子

在镜中,一个长驱直入的注目礼

像一把新近开刃的长剑

用冰冷以及玻璃碎片构成重复的精确刺穿

从此,我的身体只有你的伤口

淡绿色的疼痛飞在空中

月色在这一年燃烧成黄金的血

我从你的一根头发开始爱你

直到你的脚趾。爱中的椭圆谜语

是一道弱小的反光,在你眼睛的深井里

成为白银。未料到的贬值波动着我的舌头

我爱你是雨中奔跑成为一道虹

从一件吊带看到粉红色的深夜触觉

是你二十岁的样子给我以坐穿牢底的徒刑

就像一颗启明星照亮我蓝色的孤独

在穿过一条马路之前，哭泣是天上风筝的谜

我穿上一件精良的麻布衬衫在水边看裸泳的日子

默背历代星辰监视下人类关于爱情的语言

沙漠河流种子皆生长

比美丽更美丽的是静默在鸟类幽深语言里

我点燃一根香烟，但我并不记得毁灭它

手指的一个小小火苗上，不松口的一个寓言——

干旱终于来临，江南饥渴像我身体的野兽

我是一支枯萎的湖笔描摹你呼吸和舌尖的月光

我听见你鼻孔里哲学正在溃败

像实验室冰柜里冷冻的情欲失控在地图的隐形方位

我对着东北方向说出一种鸟类

路边一朵正在凋谢的玉兰花有你的光

突然起风，红色正在切割另一种红色

你的语气坚硬，一个生日的祈愿突然报废

横穿一个季节，希望抵达你的一次赦免

许多时间以前，我们拥挤着彼此谬误判断

看着你，仿佛看着黄昏时的折射光线

你在别处捐献歌喉,一次酒后的紫色舞步
与你有关的爱成为一块墓碑雕刻在石头上

飞行之后

那次之后,我的每次飞行都是灾难
在空中想起你构成玫瑰盛开的画面
从哈尔滨飞到杭州,从宁波飞到北京
耳机里是一首伍佰的歌
我把所有的穿越当作一次异地的舞蹈
把你舞进我的字典
我用你组成我的恐惧取得窒息般的美丽

月亮悬着孤独
发疯的月光舔你
在空中溃败一个完整的魂魄
我依然在尝试解锁你的百种花开的夜晚
一本书让位于一场午后的冰雹
对流天气里的你隐匿我
可我的眼睛是一对触觉的混蛋
在飞行时看见你跳跃着的锋利刀口

在未名湖畔遇到弹琴的姑娘

解决一种纷争,以柔软奏响季节和弦
见过一面已经足够拥抱
拉小提琴的姑娘在未名湖边
野鸭和青鱼朝向声音的阳光幸福
自拍中的男女,有一个是你
拉琴的姑娘是你在春天流动花朵的语气

我看到拉小提琴姑娘的背影
夕阳和湖风混合着耳膜的当代冲动
一首我从未听过的乐曲响起
我想起你的歌,偶然在第一次的沉没
我想起你的歌,白雪覆盖过所有的痕迹
开心从眼睛率先点火,烧红悲哀
谁的孤独都是星辰的累积

姑娘拉着小提琴在湖边,我看着她在湖边

春天的花在湖边,野鸭在湖面

我们一起招摇过春天

打碎夜里的一个樱花梦

在拥抱的时候读懂你的湿润空气

从鲁迅博物馆出来
—— 致 H

丁香盛开像理想托举我的心脏

内宫门口二条 19 号,鲁迅博物馆

这个名字在青砖和瓦片间抛洒一片流星

从沉默的早上我走进往事的门

一块石头砸向我的头

流血时我想起你,春天死在我胸口

在博物馆,我看到鲁迅

一张桌子上的纹路就像你行走过的路

我向伟人告别的时候玉兰花开着

第一个帷幕落下

我看见你在一块玻璃的背后迷糊

然后春天设限,有鲁迅的江南警告

我心跳的铜块正在加速衰老

是过去的温度实现今天哭泣
在每一个具体的死亡中你是新鲜月亮
我重重地写下先生,使用你的符号
难道唯有向漠然释放血液?

白墙上,爬山虎宣示着不朽的占领
建筑里的各种植物从上个世纪开始美丽
是在文字中先生流向我的每一根肋骨
碰撞的疼痛中我跌进你的句子里

从华北平原到江南丘陵

下午,火车穿越一个华北平原
路过沧州、济南,摇摆着早春的风
而此刻
车窗外一棵棵碧绿的柳树像被判决
桃花或者是梨花,还有一个个坟包
点缀在平原,像是许多组合过的谜语
说着故事,戳穿确凿的证据
是的,我爱你像长江的潮水撞击桥柱
确幸的是我只是爱过你
在窗外看到太阳下坠
寂寞升起
抵达胸口的晚上。花去了六个小时
湿透的湖州,记得你开花的笑容
和字体里惊慌失措的秘密
我收藏了你的身体,在一处专属的风景里
我匍匐,抓住你曾经呼吸的香

火车正在晃动，杭州下雨
像极了你给我拥抱时看见的光芒

药　物

一场雨在肺部长成一台收音机
时而温柔,时而又带来几场冰雹
因为怕疼,所以服药治疗
相信药物的安全感
每一粒胶囊都长满眼睛
所有的食物都感到幸福

在这边和那边联系起一座不设防的桥
深夜经过,咬出春天的齿痕
是我用湿润和饥饿打开一个井盖
你的眼睛里长长的隧道
如月亮升起后男人的一个谎言
一张悬而未决的网在我复发的疼痛上覆盖
你是居住在南山枯萎寺庙里的一只野猫
用夜晚的喉咙治疗根系蔓延的失眠

屹立于身体之上的颤抖

在你抖落的呼吸中选择闯进死亡

一粒一粒的灯火，通向后悔的捷径

从你红晕的脸上飞过大片枯草

沙沙作响的骨骼正在告别新的日子

在发酵的语气中旧时光染上浅浅的蓝色

我从死了一回中继续再死一回

一场春天的雪

四月四日,春天的花丛中发生美丽的比喻
一场雪来临,和我很远
覆盖着你——
在樱花盛开的晚上像一辆紊乱的机车
并没有太多的情绪
面对白色的愧然,我失足在月光
究竟是一场雪花还是樱花的陷阱?

报废汽车前,你盛放成一片雪花
也许小成一个失措的孩童
在照片里,你对着路灯说出裁决
是一场关于美丽的陷阱,春天后悔
我在肥沃的夜色中撒网
还能捕捉吗?你成为水的事情
失散着的瓷器是你呼吸的鼓声
一次次冲击我的眼睛

我撤销身体里关于你的职务
比如心跳和一次关于玉兰的呕血
春天下雪,春天抽打人间
我爆炸的导火索熄灭
直至月渡重河,魂梦是一坛发酸的酒
我遗忘飘起一朵发黑的云
你的每一个词语成为我命底的英雄

江南的深夜如一匹丝绸绣着你的雪花
谁此时迷失,谁必将永远舔舐于你

木心美术馆

风啊,水啊,一顶桥。

—— 木心

在水中阅读一个人的生与死
建筑沙沙作响,掉下一些温暖的刺
寡情而刻薄的男人,温柔着一座桥
一幅画是一幅画,王尔德的花

玻璃从气管呼吸而出
亲吻一个头像,我深夜怀念一根手杖
从沉默中弯曲的温情如山泉

乌镇的一段热天让我堕落
你在何处阅读一首情诗,吞吐四个季节
拒绝一个词语在火盆里燃成灰烬
我看着水,一条鱼惊醒一个梦

蓝色画像里生命的一个冒号
水边的问题,衬衫里的三种疑问
爱情或者雨水,甚至是哭泣
累着生命之累,唯有爱超越一切

春笋拔节的每一个日子,像孤独的野兽
嗅觉不灵,叩开一道月光的门
在你的发丝中我勾勒失去的你的脸
老的木心原谅一切空气和尘埃
我沉浸在多汁的爱里,吻一张发霜的纸
老式的温度,和关于野生的空气
听到你呼吸之后失眠在歧途
一整个春天灌进空腹。爱情的底色
属于历史的你的温柔,老式浪漫里
枯萎一种风骚,服下你一个滚烫身体
消毒词语,淹没在建筑里昏黄的局部气候
我爱着你的爱,尝试跌入深渊里的白
你来我往,用粉红色的玫瑰毁灭
与一个女人谈论明亮的性欲
我的心脏露营,堤岸挡不住你沉吟的篝火

我终于挣脱一个乳房,桃花盛开

我爱着寂寞里你挣扎过的眼神,一身苍白

淡蓝色的恋爱,于此时悲哀着一块奶油蛋糕

慢慢洇开的你像一个未开花的谜在水中害怕

落地窗外,浮萍也是风流

像你酒醉声音打结,一个沉默短促深刻

被磨损过的那部分时间如喜鹊飞过

一片刚绿的杨梅叶,酸透的雨季

在迷宫撑开一把英伦大黑伞,谁多情?

打开一本上世纪初的济慈诗集,悲剧多大?

摊开手掌,太阳烧红掌纹仿佛一个笑话

替代了传统,你新的舞步是紫色真诚

直面死亡时,水边的一个小姐想起一个吻

情人长出了南方的冰雪,眼睛是沉默的风筝

我又是一阵咳嗽,过期的胸闷来源于你

慢慢填充替代着下雨天爱情的房屋

望着圣·索菲亚大教堂

阔腿裤青年在合影
比如期待升起一个浪漫月亮
比如幻想水流的事情发生在身体内部
像是被陨石击中的一颗心脏
我被抽象,存在变成一个谜团

在黑色的圣·索菲亚大教堂前
长裙女孩曾经弹琴的喷泉边
一条光线切开下午三点钟

望着教堂
我像没有完全燃烧的湿柴
虚拟着温度,烟雾呛鼻丢失肉身
城市冷冻,凝固一座温暖假象
在三点钟以后
尚未书写当天的日记,充满情欲的视线

编织一张不可告人的网

诱饵是眼睛,是一个在昨天敏感的蛮腰

于是紫藤开花

月亮抽刀砍下我胸口的疼

谈月亮

总归要提到月亮
像拧干的布匹悬空在脑间

纷纭起伏,磅礴的故事合唱一般
你终于流泪,终于染上星星似的伤疤
执剑者有屈辱的过往
而你,是剑刃的缺口
过去的继续过去,流动的依旧流动
事件在稀释,时间黏稠成一锅粥

多少事由照例新藤般蔓延——
节食、缩衣、做爱、学习……
古董一样的习气描上新内涵

哦,你的眼睛是沸腾的水
蒸汽散开,真相与实在皆朦胧

而一个个目光如鞭子抽打
当下的疼与过去的痛并无两样

夜　路

情人以坏人的样子吮吸苦水
我的时间冲动,脱下一件外套
试图以温暖请求情人的眼泪

失败在夜晚,失足于一本诗集的开始
我为何踏入你的玻璃碎片
我流血挑战太阳,引起歌唱
成为烈士,象征一个爱你的符号

可以被透露的就永远不是秘密
镜子破碎,从眼眶涌出秋天
我重新走回出发时那条夜路
看见烟火老楼和一棵发痒的紫薇
好像时间接近水面时一次精准的喷嚏
我偷偷储存下你的摆动
语气的词语发动时,我沉醉

以一种色情的方式挑逗时钟的摇摆
闹钟响起,干旱正在来临

蜘蛛网一样的危机撞进我的眼睛
我茫然一片如雪,缺乏严谨
夜路上我撞见蜜蜂
扎进我的左脸,我向它示爱
在你影子里,一只鹤起舞着月光吐露心事

第二辑

前奏

雨做的云

暖流在经过某个方向的时候冷却
如同涌在我身上趋向于未来的恍惚
在美丽的夜晚来临之前
雪融化,屋顶是属于过去的瓦片
你弹起钢琴,协奏着丁香花的日子
谁教会我侧耳,谁在阴雨天告诉我答案
林间的鸟飞出弧线如同绝望
孤悬的心抖落枯木焚烧的灰烬
身体在接近春天的时候饥饿
被面包征服的夜晚不算征服
是性欲在蓝色地产生手指的和谐
早晨新闻报纸复活死去的旧日子
而每一个夜晚都是我们确认的死亡——
鲜花窒息在极致的体验中失重
你的手终于燃烧在我的嘴唇
天空北边星星坠落,我的身体虚空

像晚点的列车失落在遗失发条的时钟里
在雨中的铜质夜晚我有鎏金的耳鸣
不存在的音节是钢琴的苦梦 ——
男士白衬衫里结实的水流企图
褶皱中包裹安静的温度是突破的界限
我在每一个准确的秒针里拥有你

情 歌

我在一个电话打通之前喝酒
打开出租车的窗,清冷给我披上私心——
疾驰在环城南路高架,我可以抵达你吗?

忧愁被月亮交易,改变我的蓝色跳动
你说,我投入你的海洋,无舟无岸
我嗫嚅,躲进云朵是一个可爱的梦
(这是我生命的花开放)

在某一个夜晚,亲爱的
请不要说话,让我们彼此沉默
我触碰你的珍珠,在火焰中燃尽

下车后,我走到江滨公园
水面泛起月光,你走进我
我一阵慌乱,在夜里升起旗帜

此刻你是潮水拍来,就不必梳妆
我沉默如谜,在汹涌中拒绝所有

我因何流泪?
想起一首蒙古民歌:没唱完的情歌一定要续上

除夕夜

窗外烟花飞腾好像失控的日子
湮没在夜空的颜色是燃烧的一点深情

你看到今晚的烟花,热闹相同
在镜子里,烟花不逝去,鲜花不枯萎
你一定知道有许多东西将在时间中静止

是什么呢?小小的疑问来自我自己
我们彼此不语,属于当代的沉默

是的,我在今夜确信一种静止
一个吻染色身体的全部存在 ——
我多次流泪,在凝结的夜空下成为暴君

为我弹琴吧,蜡梅是闪电的宣言
喝掉一杯烈酒,明天正在流动着爱

明天之后的明天,流动着你身体的流动

明年即将到来,夜色已经浑浊
我看见,人类中的你眼角有泪珠

一个梦

我梦见一个女人唤她作 S
我梦见江水流动是想你时的震动

一个梦如陨石经过燃烧抵达我心
这是一个美丽的梦,不曾结束
用同样的感觉重复昨天的热爱——
梦见的女人,她羞赧地用眼睛架设牢笼

从霓虹中走出,我走进牢笼
是敏锐的触觉获得发热的粉红天空
我沉迷甜味,靠近你的时候牵手死亡

我梦见我是一座岛,接受海洋的波涛
你是岛上一少女,在缀满的星空下流泪
为何哭泣?我记得你身体的秘密地图
这固体的思念藏在每一朵不开放的蜡梅里

我梦见一个女人唤她作 S
我小小的怕是蚂蚁爬过石桥
于是，我更改自己只为表达你

礼　物

整夜揣摩物流痕迹仿佛打开月亮的秘密
穿越一千五百公里的天青色温度让我触摸云朵
属于今天的，我必将忠诚于你的唇
历史的，春天的，阳光的，发芽的
是你带给我的礼物

是剪刀首先摸到礼物的喉咙
在撕开胶带的十秒钟，我的身体是硬盘存储宇宙
泡沫的柔软复刻自你酒后的眼睛
华丽故事，我们的树林有通道

你的礼物是一朵火苗引燃我
我喝下一杯掺苏打水的伏特加
在江边钓起一条鲶鱼，一个卡佛的梦
日本式寂寞，你赠送热吻的顿悟
冬季多雨，我身体的温度是你

我该如何面对你的眼神?
是面临死亡的快感让我确信关于拥抱的渴望
捧在手上的礼物打开一扇门
我从此相信闪电,相信雷鸣时的每一次呐喊

下午我收到你的礼物,我窒息于你的气息——
天底下哪有这么容易来的无量呢?
这个世界,我投降于你

今夜你会在哪里

下午三点,我在图书馆的阳光里走进温柔
落地窗外的白鹭收听情人的语气
我一遍遍闭上眼睛像采摘一朵荷花
西边的南方,你的歌缀满夜晚的星空
不敢触碰你的荡漾呼吸,而投身你的海洋
在夜色中我苦读你波涛的嘴唇
我迷失,闪电的胸口起伏着爱情
"不可有悲哀",死去的废名有新鲜警告
白马夜行,穿越时间背后的雪花沸腾
从水中蹿出的热烈在谱写红色亲吻的颂歌
正在发生的鼻息以柔软消灭运行的钢铁
我不曾年轻,却在进阶死亡的崇拜中拥抱青春

圣贤皆寂寞,这个冬天我一切失败如黄金
远远近近的云飘动如你牵动我心脏跳动
我看见歌声里深蓝色的微痛隐喻——

你鸫鸟的弧线抛进我干涸的嘴巴

在爱发生之前,秋天已经埋下三种伏笔
(可说的,不可说的皆是因果的谎言)
寂寞世界我窥探你生命的泉眼

深红色浪漫
—— 献给齐泽克

总有那么一个日子属于深红色
我们展开银花火树的胸口,抵御吐出象形笑容的微笑
就在斯洛文尼亚充满氢气之时,燃料在头部举行阅
   读盛会
如何直面地球,在地球细节里象征沸腾
你把左派的浪漫再一次演绎到普通的身体
从塞纳河到泰晤士河,碰碎春梦
又催情在命定时间,起飞我们同一个世界同一种失落
我们究竟多少回掏出镜中自己
看又舔
包括散落在他人手中的碎片,又何能拼凑一个完整
   的西方生命
缺少二十世纪六十年代的性爱,打上一个完整下午
   补丁
春天,春天咖啡壶浸泡着夏天冲动

你再次看我们,或者爱我们以活着掩盖胸口

其中非洲故事,亚洲迷雾,欧罗巴谎言

政治的政治里,陌生把陌生打开一挺不休的机关枪

朝着我也瞄准你,连贯流畅问号使几种关系牢固

斯洛文尼亚的黄昏,危险着微笑的危险

我抬头,左派拿手戏点燃正在熄灭的烟头

下雨的午后

暮冬的湿润渗透在每天的报纸
雨是江南的真实疼痛
得流感的人躲避人们,他们在雨中奔跑

我写作江畔的秘密,在黄昏中生活
每天用失败描述身体
并不准时
在爱中隆起高地,看见鹭鸟疾飞
我的蓝色愧然在你镀银的歌声里明亮
我遗忘时间仿佛抹掉书架的尘埃

我呼喊你,成为一艘海中沉船
你是鱼儿在我体内穿梭
是的,你的呼吸是我红色丝绒宇宙

于是,我释放自己仿佛喝下一杯烈酒

在红晕里刻下你三声喷嚏 ——

爱是下雨,爱是猫的春,爱是咬痕 ——

可以让我打开你的阀门吗? 在这流淌梅雨的季节

下午我喝一杯美式咖啡

在江南的雨中描述你,走出流浪的盲区

落地窗外依旧下雨,橙黄色女子点燃香烟

烟圈升起,落下十种发热的帷幕

过春天

错过歌声,迷失在你的春天
发烫的手心在慌乱中跌倒在空空的土地上
袭来的都燃烧,是灰烬证明你的眼睛
我被丢弃,如同一辆失控在高速行驶的汽车
就让我拥有一个方向爆炸成你的花朵

在春天发生的都是春天的责备
在一声惊蛰的雷鸣后迎接漫长的雨季
你把湿润当作一封最后的信
我孤独着铁锈,把想起你当作一次加冕
你是王位,我是旋转的黑色伞柄

经过春天,你沉睡中的呼吸是我的哭泣
我给人类的情诗仿佛报废汽车最后一次启动

隐 约

夕阳最后掉落海洋
从光芒中隐约爱的词语
在你的眼睛里我一寸一寸地死去
没有玻璃瓶落地的从容
我无法慷慨看见某一个色情的沉默

疯掉的，流淌的，可耻的
一切可以目睹的都在失去设计的字体
而我，在你好看的衣裳里淹没
露肩的早晨和下午
大厅里水钻般复杂的饱满
我缺少一个拥抱在窒息中获得月亮

你的月亮不属于我
在一个蓬勃的跳动之后在窗口冰冷
你的沉默如此巨大

接到一个电话后的刹那分别
我坚定地陷落你迷离的冰山
我落魄地失去一个熟悉的季节

在消逝之后我想起了某日的拥有
活火山不曾忘记对鸟类的红色表达
我在理由中描述什么
就如同末日来临之前表达火团

克 己

在美丽接近美丽的时候:
一个名字拨动我关于历史的呼吸
我诚实于铁器
诚实于深夜发热的耳朵
中国南方多雨季节的情人正在用身体
点燃深夜十二点以后的春天

让我柔软着你的柔软
你的眼神混合着高原山脉
把夜莺称赞
清澈鸣叫唤醒一个干燥的灵魂
克己的方位仿佛一粒咬破的鱼籽
在美丽的悬崖边上把我击溃
朝向你
把不归作归途

经历美丽

我的眼睛捕获夜色中你的光

情诗中语言的一切总和是你

黄色玫瑰轻吻你的镜子

我在你的小径搬运孤独

下起一场暴雨

夜歌二记

1

举头望明月,营养属于古典的病态
枯萎的夜晚听见江水粉碎的痛
你不见月光冰冷,深夜的野猫乱窜于胸
燃烧在熄灭之后抵达高潮

我专业败坏词语,夜深三次乱语
把共振当作道德的宝剑刺向荒芜生命
往生的孤独悲欢浇灌今生躯体的肥沃

你举起用过去填充未来的徒劳
叶落了,恻隐来自晚秋时早来的雪

2

上了年纪,不做无聊之事
现实的冷水泼洒梦中的百合花

半身的跳跃和因打鸣而冲动的早晨公鸡
俱否认,一只清晰身影因情爱而摆动

我对你不言,寂寞结冰磕落我半粒蛀牙
生而害怕,不知深渊不可测

在雨停的夜里读懂魔术

我刺穿冬天的苦雨
一遍遍复读老派的玫瑰激情
来一瓶啤酒,我们学习彼此体温背后的文字
我干燥仿佛野马嘶吼
一起采摘身体的隐秘升温
在黑色森林中束手就擒

安德拉德说:冬天的时候。一张嘴,贴着另一张嘴
就会不朽

你的歌声在魔术中,我的航船触礁
属于历史的深蓝色震颤来自你的湿润气候
我的根须蔓延,在闪电中将你包裹
如同生铁打造一般建立抵达情欲之桥
是我的粗砺速度,是我的万粒珍珠
是我在细微声音中看见夜莺的美丽羽毛

我感到你的游动，你属于原始生命的柔软

松果落下，我们彼此燃烧在世界不可寻找之处

一个场景在梦中

香烟谦卑,暮色有些冷静
关于夕阳,关于月亮,关于这辈子的冻土
还有一些关于生殖而存在的雕刻……
秋季还没来,我却一步迈向白头

我把药丸一日吞咽三次
用谎言冲淡情绪,我看见阳光是巨大的谎言
风靠近省略号,路边疾驰的白色汽车突然刹车
你发现一个破绽,缺少夜里十点的食欲

终于,你豁免了我,我放过了火
以及这落叶的季节里关于你和甲壳虫失去的午餐
食谱里,荧光番茄炖熟牛肉
去岁的姑娘,你依然咀嚼丢弃的飞行员之梦
总不能免俗的夜色有种冰箱的霉味
你的寡淡海岛,在百种沉沦后

在冰山之后,在火柴燃尽之后
实现我的透明爱

宽耳大象扇风,乌云背后的高地落雨
我不再痴迷于你湿润的夏天
听一首歌,喝一杯酒,吐露我一阵子的烟雾
而你的语言在耳朵三米外的盐水中反复消毒
剩下的,我已不再能读懂,不能在微光中感到神圣
秋日到来,你的歌声依然是跳动的雾霾

雨 中

晨起下了一阵雨
冬雨或者春雨我不能确认

在雨中我走到咖啡店
耳机中听到你的呼吸和疼痛

你告诉我在同一阵雨中淋湿
在这个湿透的早晨一切都失踪

早晨就像犯了一场感冒一般沙哑
我的哭泣没有哭声,我在雨中丢掉自己

雨中,有一些花做好开放的准备
而我,正在阅读你的身体仿佛闻到一阵花香

每一个夜里,春天都在醒来

我也在醒来，在这个时候收藏你
你的呼吸，你的仿佛春天的喉咙

不再有题目之诗

仿佛走进一座中世纪的花园
玫瑰开着不属于它的色彩
鹦鹉飞出短暂的舞步
我很好,在死海里获得另一种生命

又会迎来一种新的睡眠
看见柳条在冬天生锈扮演悲剧
你让我存在于敏感春天

我抵御太多的真实
拒绝铁轨在身上铺就
在江边抽一根黄鹤楼香烟
白鹭飞过,我的心脏跳动
一些静止让我害怕——
无中生爱——
错误的时间让美丽成为陌生的美丽

在墓志铭到来之前,我忠诚于幸福
忠诚于每一朵蜡梅的黄色清香

这个夜晚,又下雪
覆盖一切

从你口中吐出的都是魔术

在夜里,你拿起一支果味电子烟
唇间奔走的烟圈如柳条的芽
是春天鸟类对我心脏的一次撞击
思维在惯性中开出一朵桃花
我成为一名堕落于你的好事之徒
在星期五来临之前喝一瓶林德曼啤酒
紧张的身体里注入北方烟雾
樱桃的酸甜带给我毛绒的爱
我想起你的手仿佛是眼睛里的蒙眬
手指让我勃动在天空遇到云的惊慌失措
我体内有你的海洋和清晨玉兰的露水
因为澎湃,我在湿润中穿透你的秘密
获得属于丛林燃烧后耳垂的美感
你轻轻的鼻息融化我二十多年凝结的寂寞
穿越到伤口发生的时间再次撕裂
疼痛是在拯救中给予我海岸线一般的宽容

再次点燃一支烟,是属于我的刻度
我贪婪吞噬你所有火花以及升起的体温
从你口中吐出的都是幻觉在低空飞行

是美丽的历史让我沦陷于你

路过铁轨走进一个高架桥的阴影
在阴影里
铁轨安静像被废弃的闹钟
在一粒麦子般的命运前
成熟湿润
我亲吻湿润
一件白色衬衫上留下你身体的印记

比如
我决定奔赴一场大行动之前
摸着迪伦的喉结
听到你月亮般的低喃
我就有勇气
采摘森林的野花
在冰箱保鲜许多冲动

我正要奔赴

仿佛营造房子一般拥有安全

获得过去的垂丝海棠的吻

我阅读你,在精致的疯狂中写出我

夜宿青山

商量岗上人造雪覆盖山头
野风四起,鸟声在雨中湮灭
夜宿山头引起苦竹深心

海拔880米,青山隐隐
夜雾中不见你我
在我的世界里实现对你的描绘
放荡森林里野花孤独
雾凇从你的眼里凝结到我的心中
夜深是浅浅振动
如梦入梦,你潜行在我的每一个感觉中

夜宿青山深处,野杜鹃在雪中着火
我也着火
不知归途,我得救在青山抵达你之时
夜雾中,不见你我,你是我

下　午
　　——H小姐，见字如晤

1

下午,我确信在阳光里
一个玩笑像桂花一样散发忧郁

2

当我注意到这是秋季——
多穿一件衣服,闻到一阵略腥的江风

我总能看见穿西装男人散发邪恶的自信

3

孤独的午后一点,阳光翡翠的一点

捕鱼者的温暖,泛着鳞片般的白光

4

冒犯众神在午后,搬动一块悲剧石头
我顽固,慵懒抚摸土狗的顺毛

5

被时间持续催情,黄色的鸟独自飞开

6

光挤在树叶的缝隙间,被敲碎一地

路人的脸上,描绘着阴影:
他们急促行走,他们抛弃、撕碎每一个下午
在生活的三种可能里迅速遁形

7

不需要火把,便已照亮人心
下午是个意外,保守极权征收一切
每个人只能存活二分之一,其他暂时死亡

8

中午吃过咸鱼的嘴巴在下午必须沉默
一个非法的正当理由如同令箭
但不能告诉你

9

女孩脱了红色皮鞋
野花窒息,我感受水面的反射

春天碰撞

在你迷离的眼睛里着陆到春天
鼻息中玉兰花盛开
数着星星,你是旋律
我星夜奔跑,隐身在迷雾丛林

投掷一枚潮湿的手榴弹
依旧失火燃烧我青草生长的疯狂
挖掘你的唇就像收获地下的金子
闯入你的门,宇宙虚空
唯有泛滥着的笑意向战马投降
服下原始的浓重音节
我抽打这二十多年虚度的时钟

春天像老式公交车颠簸驶来
暧昧是我牙齿的一次松动
你的右手是海洋淹没我疼痛的起飞

于是,春天撞进了深夜
月色疾驰于进城的高速公路
你不言,沉默是澎湃之前的鲸鱼
我突然失聪陷入发动机的陷阱

天晴之后

我的触觉是一千五百公里外的柔软
连续探索你的呼吸

在寒冷的季节,你是一粒飘荡的火种
点燃我,湖面飞鸟对我雕琢
天晴之后,我的梦里有蝴蝶
有你的精确到丛林深处的蜜桃

我的慢性咳嗽是一列失控列车
每一次喘息如钻石
身体记录你每一次的电波流动

我的心脏有一千五百公里的高压冲动
在伟大的闪电中遭遇美丽的失败

天晴之后,我流泪仿佛漫长的国道贯穿
我没有多余的绝望,我只咀嚼你的火花时间

接近傍晚的时候下雨速记

三月你假装流汗

抵达一个鲸鱼搁浅的海滩

天晴之后必然下雨

春天摘要着呼吸的另外一种湿润

鲸鱼得以生存

我在你的锁芯里看到恒星

是什么样的季节让我沮丧

传奇里的春天

飞向南方的红嘴鸥啄食伪造的语气

又一次假装烟火的绽放

像你的笑

表演雨水中的涌动表情

抵达你的时候仿佛靠近多汁的石榴

搜索博物馆里问候的烽火

我蔓延着你

在你眼神中打开兰花一朵

比　喻

晨雨中时间将战线拉长
温柔地遇见一个来自江南丘陵的比喻 ——
游戏山林
爱一只蝴蝶落在胸前

雨中
打湿日历
每一天都沉重不可翻阅
你的歌喉挑动
漫长海岸线的浪花
穿越江南的湿漉去面对你
是尤加利叶的秘闻
是书架上所有诗句的总和

雨中有江南的比喻
日子是一颗红色的大枣
像夜空无数星子注视你一样获得你

情人节

情人节在春天,春天在雨中
我在无边无际的呼吸中迷路
春天对待樱桃就好像我描述你
活火山冲破我骨骼的阀门
布谷鸟叫着,玉兰花有故事
从雨中点燃我秘密的磷火
我看到你,我在傍晚风中死去
湿润地打开通道,记住你胸口的痣

死在液体里,死亡开出你的花朵
冰冷的洁白,坚硬如混凝土的桥墩
过去的生命里,蓬勃打开引线
身体爆炸如堰塞湖溃坝,我和你沉沦
浇灌一株白玉兰吧,因野蛮而充盈

在今天,请给我一次真空的赞美
在哲学中我翻涌起你的美丽

可是,我的伤口呢

读野史后,雨声不止
不断颠倒成为典范而丧失深秋
吃午饭,咸鱼和肉末
千余年重复保持原味的菜谱

我固定成为转身后那个路口的消防栓
新建一种水雾
野史里,那一滴血依旧鲜红
只能抹上霜,佯装冰封

可是,我的伤口呢?
都在下雨
好像海鸥一直飞
我只记得一道小小弧线

哈尔滨

又是一个晚点的黄昏航班
我路过一个哈尔滨
过去的时间像一条毒蛇咬住我的脖子
痛在身体是无数星星的闪烁

在哈尔滨的上空
夕阳正在向死亡发起最后的冲刺
我此时的孤独仿佛在旱地冻僵的萝卜
未来的舞蹈在我醉酒的夜晚里
失去火的细节
手枪在哈尔滨哑火
你映红的雾包裹三个动词
是一张白色床单说出过去的谎言

在哈尔滨情怯怯如绝育母猫
情绪公平发生仿佛利刃切割白菜

身体的迷宫里我惊慌失措
是哈尔滨的春天拒绝

哈尔滨,哈尔滨
在我路过的黄昏杀死我
此后,你是演奏的琴
我是春天花朵腐败的烂泥

旧物展与少年说话

关于失败,你总是以秋天的样子来描述
饱满的孤独让它充盈随时面临破碎
这过去的火红冲动
我们永远保持着开垦日历的金黄情绪

电视黑白,粮票冷血,黑胶唱片里明星失语
我举起右手,比画出一个拳头
充满敌意的时间,让伤痕证明存在
让悲伤永远保持着悲伤的姿势

渗进骨髓的冷来自白色搪瓷杯
它以统一取消着情欲与仇恨的色彩
它以胜利怀恋着过去的精准人类行为

时间过去了,需遗忘的正在以新的方式背叛
这蓝色的痛好像一把利剑划开天空

我看见的历史，没有形状随时粉碎

此时无恨，是三十年前的台式闹钟走动

在屋顶
—— 并致斯奈德

我们不合时宜地遇见
在露台喝掉一杯美式咖啡,等待雾中日出
说起你的隐匿一生

坚果坠落,石子从小孩手中投向湖面
足以波动这尘世的爱
我服从于扭曲,歌颂万物下沉
手中汉字秘法不可折叠
被秒针读过的眼神浑浊不可测
耕种一帧帧的历史,常绿树林里布满松针

感慨肥沃土壤想象垮掉的人间忧患
我对呐喊充满渴望,在人类的爱情里坚硬

云不苍茫,高空的冷没有形状

你是枪声喑哑,射出失控的悲情飞机
此时谁都不语,此刻你有顿悟来自禅宗
——一生的光明与秋天一道被咀嚼
舌尖有甜,苦在舌根,南宋皇帝的孤独

云端似乎很近,水珠点湿皮肤
离开了地,到不了天
悬空的人突然哭泣,我想起一个驼背老头
在黑烟缥缈的黄昏冷静如山包
此刻,他面孔多样有整个人类

在湖北博物馆观青铜器

这过去的铜,这过去的精确硬度
使你疯狂,使你穷极一生描述细节
时间不可追,融化一个人的一辈子
眼前的高贵在泥土中保留情欲
它说了许多,它在落下的抒情中透视

来自过去的仇与爱,为之歌唱的金与木
这极致的美让我深度观看又哭泣
人柔软完成金属转世
错综复杂书写人的欢愉的毁灭
可曾看到一种精魂再次掀起了情欲的江水?

好在火车开过的路,开过许多泪水不为人道
收藏好的苦与玻璃罩下的剑有关
也是煮肉喝酒的铜的一种
用人的痛和权的欢喜达到灿烂的高潮

阿尔善没有秘密
—— 在中国美术馆观阿尔善岩画展

阿尔善没有秘密,石头在说话
符号之后的生存以凝固与时间争斗
生命灿烂,该湮没的被湮没,该覆盖的被覆盖
秋意万古在寸草不生处写下壮美生存

纷繁人间收藏在大漠戈壁的宁静中
那一年的马啸,狩猎,奔走
还有极简的爱情,交媾,生殖
在大风刮起、黄沙舞蹈时雕琢直至穿透

今天,我看到石头,摸到一万年的语气
我羞愧如一艘失声的海上大轮
须在迷途寻得膨胀欲望的原始起点
这些石头让我听到精神的高浓度气流
每一次飘动,每一次摩擦

时间在腐败中保存生机的细节

我不曾见过阿尔善的晚霞
我知道它的美从牙齿发生
武装着当代跳动的心脏

牙疼日记

牙疼发生在这个初冬的上午
像雾气覆盖,无数遁形中的疼痛释放触角
它缓慢地以沮丧告诉你一种感觉的蓝色
是南宋末年的篝火不曾熄灭造就语言的疼

疼痛发生,证明身体存在
它不穿越喉咙直达饥饿的漫长海岸线
如士兵般组织着肉欲的灾难
它的疼浑浊,再一次竭尽所能对蓝色加以说明

我知道,八百年前的疼依然复制到今天的牙齿
它想告别,在松柏的枝叶中注入海洋凭吊的尸首
万古不绝的词语从同样历史的嘴巴中唱起
在沙漠的寂静疼痛中挖掘生命的黄金

犬吠准时,大雾升起
我服下芬必得,穿透牙床的战斗不知所踪

初冬日北山游步道攀登记

在北山游步道，北风曲折
仿佛银针穿梭
拾级而上，灰白石阶退后
落下的步子带起尘埃
远处静坐的山人吞吐烟圈
我们彼此交错保持某种平衡

山间古道在纵深
而步伐，依然覆盖数百年的脚印
似乎被时间囚禁——
我在登高，消费交通的意义

山腰间杂树罗列成队伍
好像漫长等候
树枝勾住我的衣袖，我抓住树枝
我们彼此获得安全

在山间，白骡子疾驰

发挥原始价值，留下粒状的粪

我观察白骡的眼睛，它深沉结块如冰

下午四时，西晖洇红云彩

接连舞动的竹林分割天空

像镜框收集自然的动态画作 ——

抽象出人造风水学

沿着重力规定的方向继续行走

道路在足下出现

方向的所指被绝对控制

天宁寺

我不知道多少次走过天宁寺
没有和尚,没有香烛,什么都没有——
不曾看见天宁寺
我知道路边就是天宁寺

有时候,我啃着鸡腿走过天宁寺
我会想起一千年前的符咒是否依然有效
是否有一根棉线牵引着我们
天宁寺外,有留下古老的骨殖吗?

(你也无法看见天宁寺,
　路边的碑铭是唯一死去却像活着的证据)

我不知道多少次走过天宁寺
我从没有留步
就在这里,或许并不在这里,我知道

天宁寺,没有晨钟暮鼓,也请你安静些

我看到一棵树,一块青砖

它们就是天宁寺,就是天宁寺的呼吸

天宁寺

我不知道还要多少次走过

我不曾停留,今后我也不会停留

一种凉

一半是灾难,一半归于棉花
昨天之后,你不曾出现似乎你从未出现

床头一本《浮生六记》赞美凉快的下午
我总是把多余的词语反复使用
而这个世界的灰尘附着在大多数的句子中
三头六臂和九牛一毛,属于人间的一种凉

一种凉,你不曾赞美,你也不可屈服?
神经衰弱的夜晚,我们听见,抚摸缓慢的爱

至多的凉,选择一种凉,你身体虚晃
把握失去重力的轨迹。这个时候,你喝绿茶
把昨天的晚报读三遍,从社会新闻中找到青菜的价格

秋天的凉大于一种凉,穿衣成为发酵馒头的方式

至于在夜里,蝉鸣渐无,你拥有私藏的爱

时辰照例很短,槐花在五月已香过一回
想象中,你还在,任凭柳絮飘开白茫茫一个夜晚

在镇江世业岛迷笛音乐节

大王旗舞成夜晚之碎片
谁在抛洒这结块的声音?

泥浆和泥浆,暧昧成道路混沌
鞋子仿佛胜利者咀嚼一般——
晚风多况味,食尽多余的败绩

多年以后,那把多情的吉他
祭出丛林,我那么想,是否
短裙的姑娘喊出世界的真相?

江水包围岛屿,灯光依旧呼啸
高地有鬼魅,壮汉过不去的是麦克风
群魔摆首,多少急雨枉然
江南好处多情,这晚皆点燃

只有虚假中才能感到美

你秃头,解释油腻的生活
在夏天午后
雷雨不断惊醒你
左侧和右侧都缺少你的选择
狂风大作,一切虚伪
点烟,喝掉半瓶剩下的啤酒
寂寞积满灰尘

你只穿裤衩
你站起来像一条泥鳅
当天的日报你还没过目
你知道一天很美好
你意识清楚,打理自己的生活

你看着窗外,就在打量自己
你认为美,那么就是美
你感到自己充沛,感到自己快活

瓷片上的蝴蝶

我想这小小的蝴蝶从你身体飞来
极端的美丽中丧失一百多年的春天呼吸
飞进瓷片,一只蝴蝶越靠近死亡
就越把太阳当作荡漾的舞曲

飞行中挫折着华而不实被雪融化的事情
你从一朵云飞过,想象起一块石头
在今晚最后的时刻到来之前
蝴蝶,在你的心里一定会有暮春的热闹吧?

古旧俄罗斯式的猎枪失去准星,你微微发热的嘴唇
极其幸运迎来自己身体的一部分落花
是野史吗?太宰治问檀一雄美好的自戕方式
日本语气里,我们猜测夏日走向终结
蝴蝶,请让我们一同奔赴死亡

在一些伪造中,你是否在栀子花中入眠打开一个梦
挑剔命运?在理想敲响最后一声钟鸣的时候
你着陆在无患子叶面皱纹,挺进一个方格的时间
蝴蝶,你是看见了什么?在舞曲里播下许多露水的种子
是深重的灾难来临之前一个关于彩虹的幻觉
一些谎话开始,你把爱当作面对人类的投降
贬值中的拥抱,江面漂动一片花瓣
我把粉彩的蝴蝶捕捉,你的身体是我惨烈的事故

小　河

小河是清晨的河，是一个少女的名字
从昨天来到今天，我不知道是否去向明天
植物发芽，我安慰你如同潜入河底
从相信到确信，不定期谈起月亮
像弹奏不存在的曲谱纱线织成故事
隔岸观火，山河都已经成为故人
冷冻的玫瑰种子恍若前世的疤痕
古典着许多令人震惊却不了了之的忧伤
宽恕了别人，发现你干旱成为雕塑
行为艺术里一桩关于花样年华的心事
于是，你的身体闯入探险家和孤独症患者
成倍放大的眼睛，喜鹊飞回的嘴唇
是液体燃料灌入我体内，仿佛失联后的重逢
从水成为导火索，引燃滞销的桃色冲动
打碎我关于爱情和世界的铜镜
在小河翻滚着淹没，谈起雾中的往事

冰激凌一般的真诚好过假装的火焰
我下跪致敬你流过成熟的香味的故事
你是我久久的地震，你是我缺失的一部分

是你的无知性感着我的手指

启明之前,把月亮分解成你和水分
这性感的干旱来临,仿佛蠢蠢蠢蠢欲飞过的渴望
以无知打捞两具身体的机关
裸着上半身隐藏下半身把玩桥梁的一个男人
而女人是你,构思着沉默着在一朵色情的乌云里提
　　笔画出一幅辽阔地图
我们谈起奥登,哪怕谈起一分钟的奥登,都像吃进一
　　块月亮
袭击是安静着甜蜜的不期而遇的龙卷风
我们四只眼睛的对视沧海桑田
我讲起夜深喉结凸出的传统道理
你夜行千里骑上一匹笼子里铠甲丰满的野马
一腔孤勇,丢落丛林里一个抓捕的陷阱
我不断挖掘不断挖掘,使每一次埋伏都湿润
只道寻常,摩擦着摩擦后星星点亮的我的无名指
十八分钟,伎俩精确把握一场属于你的呼唤

暴雨来临

夏天太阳升起来,我站在玻璃窗内

看着外面的什么

天气预报已经警告一场暴雨即将到来

我在等待,继续等待,再次把目光转到一棵樟树的顶端

它发出绿色的温暖,它让我想起一个裸体

从一个女人的黄色玫瑰身体开始奔跑

暴雨来临,还有雷和闪电

越过命定的清晨和谐地抵达与被抵达的乐章

充沛着泉水抚摸着风暴,身体淹没身体

是一次创作,咬和舔都是精致美丽的画笔

我是科学家,一根伪科学的鞭子抽答你科学的身体

我是诗人,表达你,用手中的刀割出鲜红色的语气

克己而慎独,或者我只是选择一个偏爱

我把暴雨中湿润的你看作早春正在发芽的柳条

命运飘荡着,被强迫的草绿色线索牵引

我继续深入,深入到窗外樟树枝头的一只胡言乱语

仿佛受到惊吓的斑鸠

白色斑点的脖子再一次在比赛中惊慌而怀疑爱欲

我听见暴雨,听见你眼睛里来自过去的绝望——

一本书里,聂鲁达和叶芝使人饥饿

极端的四月天气,一阵暴雨半裸隐约夏天

我记得你的裸体,美丽又把美丽举报

贴着植物一般不可悲哀的面膜,互相亲吻隔着清冷

　　湿透的昨晚月光

忽然的狂风从口腔来到心脏,我们彼此幽了一默

在八大山人面前

季节和季节的交叉口，爬满危险的夏日之虫
他确切因骄傲而把自己捐赠
荒林山野，枯笔留神翻眼的情绪
留神再留神，他一再开讲威武而屈的影子故事
书桌上的草莓因而发黑，黑成一个甜蜜的人间酵母
他把甜蜜扯开而视，目睹可以悲怆穿戴面纱的暧昧行动
胸口里领袖正在朝着你的方向进行二次发酵
于是，我们都否认自己的匆忙，就好像对山水撒谎并
　　且杀死镜中自己
当我再次遭遇你，遭遇他，遭遇直线感情里坦荡荡的鄙视
这里的一切都被白眼以对，狂欢后的枯萎，滔滔而不
　　绝的朦胧坐禅
以春天末尾为界限的几次真空情欲，你向王座投以
　　命运的铁锤
终于合同里的永恒成为一次性的消遣
丢盔卸甲以后，我是丛林里阵阵呼啸

红尘烂事

翻滚着翻滚着

在如同广告的海浪中抓住普通生活

上上且下下同步猜测女性的年纪

选择题前忍气而吞声

附加题是美丽的邪恶——

蹂躏身体和一个英雄的塑料枪头

好像往事越来越接近腐烂

红尘中虚假的乌云朵朵

我和过去的你一起看见

扯开薄衫呼吸水各自交响没羞没臊

看见并不等于看客紧盯

仿佛倾心于屏幕中男女情侣日常又日常的秘密关系

这个夜晚,月色与星空对立

我们因为紧张说一些话

直至荒凉海鸟击中透明的心

过去的幕布拉上之前

你和我又一次因为对视而感到深刻的恐怖
历史积攒的故事为你打开一道清洁的门
容忍乌鸦是起飞的一条黑色确定的伤害
然而越滚越浓的浆水在白色的喷涌之中
翻越门扉，我听闻一个古董跫音不见过去

清晨矮树丛里

就比如说打碎一面铜镜
引起的故事害羞如矮树丛林的幼年松鼠
独居男人的清晨在练习吃牛皮糖的方法
就如同打碎铜镜的同时遗忘点什么
然而,既然是一桩事情就必然有火柴和湿透在晨雾
  中的封闭良心
又而,野雏菊开得竟如此像一场在山头迟到的战争
画面透露出独居男人背叛山林,破产的隐居想象:
屋外中国油桐预示着阳痿男人的身份
节节败退之后,他围着山林开辟
开辟土地,又等于开辟大片大片的心脏的焦土
此前一场战役尤怕
为何不愿提起战争的导火索,你在清晨游戏水中
假如过去邮寄一封信,一个甜蜜蛋糕从远方而来
爱情的野鸟发出隔夜的马拉松
你在鲜花包围着的胜利中点燃奖杯。综合的医生精

确制造点什么？一把手术刀
美丽开始的影影绰绰在你身上清晰可以阅读
松树警告松树,难以命名的野花安静而羞愧
他试图终其一生来选择死亡靠近时的颜色
野桑葚透露恐怖的紫色
来自你,重重涂抹像一粒钢印成为他的牙齿
每一次咀嚼都盖上你的名字